在山中走回唐朝

余自柳 / 著
侃子 / 绘

上海社会科学院出版社

序言

孕育是一场美妙的修行，作诗如做人，孕得真我，育得超我，修得自我。这篇序言，我只能以最平实的语言来描述我所认识的这位诗人，因为他同样平实。

三月，我陪爱人在省妇幼保健院保胎，自柳从西安来长沙探望我们夫妇，夜间十点，我俩在医院楼下咖啡馆叙旧，得知自柳收到出版社邀约的时候，我想，终于有人找到了他。自柳是一位纯粹的诗人，但他性格内敛，几乎没有人能看出他是写诗的，起码从结识他以来，一直都是这样的。相聚后不久，自柳就与出版社敲定了各种出版细节，我的双胞胎女儿叮叮、当当也呱呱坠地了。他说，诗集的出版就跟自己怀了次孕一样，即将见证她长大成人。但是，如同我们夫妇这数月保胎，谁知道这十余年自柳是怎么过来的，个中滋味，唯有自知。

往前倒三年，我们准备参加一次由诸多作家发起的文学评选大赛，自柳准备了一本诗集，我准备了一部小说，那个时候我们定下了日后出书彼此作序的约定，如今，他实现了，我也实现了，他实现了出书的约定，我实现了作序的约定。当然，这不是自嘲，这个小小的使命，一定是自柳走到前面，因为他倾其所有且不自知，而我是会计算的，会有分别之心，会有顾忌，而他不会，他除了读诗、写诗，就是正在孕育着诗，我追求的是卓有成效，他追求的是始终如一，我代表的是大多数，他就是他自己。那个时候我们聊电影，从希区柯克、昆汀、伊斯特伍德、斯通到各种最佳外语片，他尝试着能写出像诗一般的剧本，我鼓捣起影视拍摄与投资；那个时候我们聊音乐，从苏阳、布衣、周云蓬、张玮玮到各种不同类型的西北调，他学着写诗一般的歌词，我学吉他自弹自唱；那个时候我们聊思想，从我国的各种作家到康德、海德格尔，他的注意力还在诗歌上，我从文学系转而攻读哲学硕士；那个时候我们聊金融，从保险、银行、数字货币到风险投资，他要拿钱出书，我拿钱做了创业投资；那个时候我们也聊姑娘，他熟悉关于姑娘甚至岳母娘的一切，但他仍孑然一身，我已经为人父了。是的，自柳能跟我聊一切我愿意聊的，但他仿佛做什么都是为了诗歌而准备的，我则不然。

再往前倒十几年，那个时候我跟自柳都是从西北跑到南方来求学的，身体一样清瘦，家境一样贫寒，心智一样懵懂，读大学的时候自柳几乎没有买过衣服，一年四季穿的都是凉拖鞋，但各种各样的诗歌集用光了他可支配的钱财；毕业后他开启了近似乎苦行僧式的生活方式，刷盘洗碗，在青海维修高原上的弱电，不为别的，他不想让脑子里有除诗歌之外哪怕一丁点与此无关的思考；他在拉萨一住就是七年，每天的生活除了填饱肚子就是转经晒太阳，看书、爬山、徒步、骑行，他始终是我们诸多朋友中离生活最近的人，所以他能写出平淡却动人的句子，而我们不能。

以诗为佛事，移家住醉乡。自柳从一个诗歌爱好者到一个诗歌模仿者，再到一个诗歌创作者，十几年如一日地磨砺，诗歌成为他的去所亦是故乡。读他的诗像是坐在铺青叠翠的草地上呼吸明媚鲜妍，像是站在凉风习习的窗前倾听夜色，像是躺在温润的大地上沐浴阳光，偶尔跳出几段让人拍案叫绝的句子，让人不得不钦佩他那沉静而又活跃的想象力："看三棵枫树，哄抢秋天的颜色。"哄抢一扫秋风的萧瑟，转而热闹非凡；"星星在高处漏尽了黑夜，公鸡从土里挖出了黎明。"拉大常识与意境的距离，快感十足；"把自己铺在床上，既像疲惫的床单，也像一小块暗黑而沉重的夜色。"平凡的生活中的平凡表达，戏谑中的失落感。如此种种，不胜枚举。

本科的时候喜欢读各种文学类的书，后来图书馆"I"（文学）大类的大多都读了，就又读"B"（哲学宗教）大类，拿到的第一本书是《存在与时间》，翻开后就傻眼了，明明是中文译作，却连前言都没有读懂，那段时间，我的自信心受到了前所未有的打击，"现象学"这三个字从此如鲠在喉，为了解决这个问题，我又读了三年的哲学，最后以一篇现象学的论文告别了读书生涯。回头看来，读书于我而言，就是不断探索以解决问题的过程，读文学书读着读着就厌了，因为哲学的一个概念或一句话就解决了整本书要讲述的问题，读哲学读着读着也就厌了，因为哲学追问到最后也仅剩下一个光秃秃的概念了。而自柳没有，自柳有且仅有诗歌一种，读不腻、尝不厌、品不烂，他说，我好像生来就是干这个的，不写诗，我不知道还能做什么。是的，他是《海上钢琴师》里的

1900，是《心灵捕手》里的威尔，我羡慕他这样的人，又终将不会是他这样的人。

讲完诗人本身，我还是想讨论下诗歌的问题。我是喜欢诗歌的，而且我始终认为，诗歌是属于母语的诗歌，跨越语境的诗歌终究要大打折扣。诚如维特根斯坦对哲学的那一拳重击："凡是能够说的事情，都能够说清楚，凡是不能说的事情，就应该沉默。"什么是可以说的？比如自然科学；什么是不可言说的？比如形而上学。能说的就能说清楚，不能说的就只能在沉默中显现，诗歌既不是自然科学，也不是形而上学。诗歌需要言说并被准确感知，知道诗歌的语意，但不理解诗歌的写作背景，读不出诗歌独特的韵律，挖不出字词之间衔接后的多重意义关系，看不到篇和句的编织结构，即使翻译得再好，诗歌也将失去它该有的味道。在我看来，诗歌只有诗经楚辞，只有唐诗宋词，只有顾城海子，要读就读汉语语境下的诗歌，然而上世纪九十年代后，汉语诗歌仿佛已经成为被封藏的文物，难以看到优秀的诗作者，也难以找到为之痴迷的诗读者，再也不能"走回唐朝"，这或许是诗人将本书取名《在山中走回唐朝》的用意吧。不过，庆幸的是，自柳是位优秀的诗作者，亦是痴迷的诗读者，我想手捧诗集的你，也不例外。

写诗是件痛苦的事，绞尽脑汁、几近癫狂；写诗是件幸福的事，亦是绞尽脑汁、几近癫狂。有时候词穷墨尽，味同嚼蜡；有时候灵光乍现，豁然开朗；有时候天马行空，古灵精怪。诗人须有着最为敏锐的嗅觉，有着最为精致的感知，有着最为细腻的表达，有着最为别致的想象。每个人天生不一定是小说家、剧作家，但每个人天生就是诗人，对世界的认知都有一个全新的角度，我们能为另外的人提供阅读生活的参考方案，从而突破空间的障碍，抵御时间的侵蚀。

行文至此，感谢作者的信任与认可，让我为本书作序。诗集的出版仅为起始，你一路虔诚，未来定然可期。同时，也借此书告诉我刚出生的女儿叮叮、当当，你们要保持对世界始终如一的好奇之心，保持对知识满腔赤诚的渴求之心，保持对生命艰苦卓绝的敬畏之心，将有限的一生演绎成无限。

杜志远
2019 年 5 月 4 日
于湘江河畔

绯红月亮

绯红月亮

桃花开了
我带一树桃花,去往山顶
把今晚的月亮,染成绯红色

杏花风

杏花风

风吹杏花
一阵比一阵好看
看得久了
看自己有点儿孤单

杏花风

风吹杏花
一阵比一阵好看
看得久了
看自己有点儿可怜

杏花风

风吹杏花
一阵比一阵好看
看得久了
看自己有点儿讨厌

杏花风

风吹杏花
一阵比一阵好看
看得久了
看自己像神仙

小村村晓

何处惊啼鸟,陌上花开早
学童相呼去,春眠不觉少

夏夜

溪水窈窕
晚风妖娆
小树林静悄悄

悄悄

月亮是夜晚的微笑

小村

七月流火
八月收割

村庄像一只安静的陀螺
孩子们挥着鞭子
悠闲的风
把牛羊吹过了山坡

紫夜

这些紫色的夜晚
水灵灵的夜晚
像一座果园
一座甜蜜的果园

她们进去了
我也进去过

没有危险

春

又是明媚的春天
仿佛我从没有热烈地爱过
出门去看一树繁花
余生又可以重新开始

春风

春风解不开树的纽扣
无妨将它们吻得东倒西歪
叶绿花红

春雨

柳树在雨中洗着头发
春雨千丝万缕
叫人想走到它的边缘
进进出出
反反复复

雨中的桃花

春雨落在山中
斑鸠的鸣叫
也湿漉漉的

我从梦里醒来
去看梦外的桃花
有没有在雨中熄灭

山桃花

细雨落在山里
淋湿了下午的炊烟
村庄里飘动着
母亲催我回家吃饭的呼喊

只是山桃花的粉裙子
总不能叫我规规矩矩走在山路上

春日黄昏

父亲在门前,收拾手边剩余的半截活计
母亲去沟里,挑回明天一家人要饮用的山泉
我在堂屋准备一杯咖啡
月亮在山那边
准备着今夜的朗朗月色

月色撩人

想要落下一场旷日持久的大雨
困住我在家里,陪母亲看电视
不去看漫坡撩人的月色与繁花

夜游

风吹月光,拐带吹我
吹十万座青青草坡

后半夜,我披一身洁白的月光
朝开满梨花的村庄归去
行动迟缓像老年
身体发福像中年
心情蓬勃像少年

正月

正月了,世界按下重启键
神仙们被鞭炮炸回天上
人们在世间增进相互了解
立下新的 Flag

我写: 新的一年了
时间在走上坡路
不要再做金字塔的沉重底座

春至

春天来到村子里，一棵树开花
有谁会关心它，到底开一千朵还是一万朵

我的心，在屋檐下的鸟巢里住过
怎么看自己，都像一个闲人

清风

清风吹乱了花树
又将她们吹好
我想起昨天留下的遗憾与羞愧
就要着手去深刻掩埋

祖坟

春天来的时候
连墓碑也不能拒绝
青草站上坟头
像月光落在人间一样安静

翻山

走十五里山路
去看山那边的桃花
心情像刚刚长出犄角的花鹿
可踏明月山川，闲云流水

三月

三月的鬓角
斜插着桃花
春风江南江北
描绘三月的眼眉

三人

打一把手电

去看月亮下面的杏花

没有谁

先开口说话

小挽歌

  小侄女儿摘红草莓
  小侄女儿摘红草莓

  我有点儿后悔
  给
  小侄女儿摘红草莓

看海

　　春天了，真想一树一树繁花
　　一直看到海边，倾倒幸福的眼泪

花树

在微雨中去看一棵花树
丢失了几文铜钱

遍种樱桃喂山鸟，闲栽柳树绊春风

  自然村落渐渐消亡了
  房前屋后的樱桃
  都喂了山鸟
  我从山里经过
  迷鸟们的叫声
  比去年更加甜美　清亮

摘樱桃

一个人在树上摘樱桃
远看像一只大鸟
近看，还不如一只大鸟

牧神

一整片南坡梨花带雨
放羊的糙汉,也懂得了温柔与怜惜
频频抚顺羊羔柔嫩的咩叫

春游

又是清风满树,不拣榆钱
一只鸟,变换着一群鸟的界限
我心有六十余只小鹿
急急带往山野

豹子

春风的喜悦催我上山
我愿意在山中与豹子相遇
看它深嗅一树繁花

三月了

三月了，柳树的嫩芽一天天鼓胀起来
树上的麻雀仿佛也变得鲜艳
树上面是高远的蓝天，一直蓝到山顶
仿佛明天早上，它的蓝色就会降到山谷
与大海的蓝色相会，占据头条
让诗人们放弃写诗，即刻动身去往海边

三月了，看见柳树，我还想看见晴空下的白鹤
听惯了汽车的尖叫，我还想听见灵魂的絮语
它从来气若游丝，仿佛不久于人世
已经三月了，我怀疑它正在告别

三月了，那些燕子回来，哪一只
都像去过天堂

清明

又是一年清明
我在公司培训,加班
虐待自己的三十一周岁

山中的樱桃树
比我更加靠近故乡
更加靠近家门
靠近父亲母亲的暮年

宿醉

宿醉

在山中,看三棵枫树
哄抢秋天的颜色
如果你也来
我还有三瓮宿醉
一轮明月
可与你平分

故乡

故乡

总是那一片清冷的月光
永远把故乡照亮
我走在远方
只为回到你的身旁

柳芽

二月的柳树上
系着许多翠鸟
她们飞呀飞呀
飞不走了
变成柳树的头发

三月的雨

三月的雨,落在山中
山雨微冷,山路湿滑
春天走两步,退三步
叫人想要呵护万千花朵

入股春天

春天在桃树上拱出新芽儿
很快就要拱出绯红的爱情与灿笑
小南风山前山后地找我
反复催我入股春天
至少 20％

油菜花开了

油菜花开了
山风和月光
都有淡淡的香味
叫人自甘沉溺
抠不出来

如花

人们会对着镜子里的自己用心微笑
一棵树会向着无边的寂寞慢慢开花
你才三十九岁
如何没有如花摇曳的美梦

三月夜

三月了，月光稍稍明暖
转山归来，想到明天还是春天
还有繁花满树
我就草芥般幸福地睡去

春归

问桃花：春归何处
明月送流水，连夜到三江

握手

在淅沥精致的春雨中
握一握葡萄藤嫩绿的小手
跟她预约三十串紫红果子

落雪的二月

山中二月
雪花盛开
松籽珍贵
一颗看云的心
可以放进蚂蚁小小的身体里

鸟语

天还没亮
鸟儿就在屋外说话
在树上说出花儿来
说弯月亮落在郊野
此时可前去采撷

我翻身回到梦里
默认它们说得都对

蚂蚁搬家

　　春雨淋湿了蚂蚁
　　整个下午
　　我看它们搬家
　　散尽三日口粮

千里烟雨

春雨在山中轧下明亮的细线
绣一幅《千里江山》

王希孟早逝了
时间已漫至我的中年
要我喜欢命运曼妙的曲线

春暮

以繁花为背景
把暮色拍进照片
溪水的清响
飞鸟的爱情
则装进身体
摇晃着我,行行于世

扦插

折一根柳枝,在门前插扦
给她浇水,看她长大
渐渐长成小情人的样子
柔嫩的枝条,可以伸进薄酒般的梦里
叫人从渊壑里归来

质问

杏花何故雪白
桃花何故绯红
三千山川绿了
我何故不在山中

春树

夜风推动木门
恍惚的灯光下,仿佛有鬼魂走了进来
我出门细细查看,晚风中晃动着树木的僵尸

新柳

正月了,柳树发芽,开花
春风给了它们今日份的爱情
它们偷偷攒着
要在二月里浪用

反复呈现

春天,青冈树又长满碧绿的叶子
在晴空下挥舞着光辉
所有美丽的事物,终将反复呈现
明月和流水,松针和松云
我和你,生与死,皆如此

桃花

窗外的鸟鸣，伸进屋里
轻轻翻动我秋叶般的睡眠

想到屋外仍是春天
山坡上迎风站着树树桃花
我便一跃即起
赶去与美人相会

踏青

三月在树上结着繁花

燕子双剪春水

踏青归来我爱着薄薄的黄昏

黄昏爱着薄薄的暮雨

五月

想起有荷花开在门前
心里便有快乐的褶皱

榛子

榛子在山中赏月
梦里笑出了甜声

山居

池塘生春草,园柳变鸣禽
只可自怡悦,不堪持赠君
采菊东篱下,悠然见南山
天边树若荠,江畔洲如月
空山新雨后,天气晚来秋
山空松子落,幽人应未眠
……
我生活在一支向前绵延的队伍之中
离溃败还有很远很远

四声杜鹃

五月,麦子黄了
父亲扒火车连夜赶回山里
四声杜鹃彻夜歌唱
反复打磨夜空中那把镰刀

快黄快割

快黄快割,快黄快割
天亮了,四声杜鹃
又回到时钟的匣子里面安睡
我从渺远的梦里回到城市
乡亲们从腰肌劳损中抽出弯刀

温柔的夜

安睡着许多小猫的夜晚
多出来许多宁静的夜晚
我坐在两首未完成的小诗之间
想和所有的雨季干杯

端午夜

站四小时火车,夜里我们在西安吃羊肉泡馍
把啤酒喝进渭河,把嫦娥看得羞涩
后来,从拉萨到包头
中间隔着几个牡丹江到益阳呢

红螺寺

远山含笑,清水怀柔
十万棵树木,在此地清修
可有谁,认出了这一世佛祖的慈悲面目

夏天

桑泡儿黑色，麦泡儿黑色
山峰巨大的阴影黑色
顽童从黑乌潭里出来
只有屁股那一圈儿是白的

最爱

清晨里白鹭,黄昏时玉簪
冥顽的夏日里,我最爱我坚韧的母亲

夏凉

夏天的夜晚是凉爽的
村里的树木
在一阵比一阵更深的寂静里
仿佛站在水边

看完月亮,我在屋顶就地睡去
身边落满星星的对话

2004 记事

风再大些
青冈树再摇晃一阵儿
那些星星就掉下来了
我们去树林里边儿等着吧

山宿

山宿

云卷云舒心底事

朝朝暮暮陌上花

愿远方的生活

配得上我们精致的妆容

愿此间的生活

不辜负孩子们短暂的天真

连枷打豆歌

连枷打豆歌

连枷在门前拍打着豌豆
树林在旁边数着回声
星星在高处漏尽了黑夜
公鸡从土里挖出了黎明

月亮

月亮出来了,村庄仿佛弥漫在透明的海水里
远方有巨大的海鱼前来山里拜月
她一直游着,一直没有到达

太阳

那么遥远,竟也可以热爱

太阳下有一种生活
是一双放得太远、可以飞翔的靴子
小肥,毫无疑问,我一定会穿上它

下午

下午,抬头看见高远的天
一些云移动着美丽的边缘
仿佛她们知道边缘的美丽

阳光搬运下午的影子
比一只蚂蚁还要缓慢

下午,抬头看见高飞的燕子
它们频频扇动的翅膀
像两条活泼的小鱼

阳光走遍碧山一万重
叫人想要拥有太阳的一生

看云

在山里看云
此生有两件事我了然于心
爱你，写诗，虚度光阴

山月

夜色在山里凝聚
雨水在村外汇合
月亮像一只耳朵
偷偷聆听着什么

村夜

晚风如醉

柔情似水

夜晚躺在身边

像一只空旷的茶杯

晚风

晚风在树上找花
时而温柔轻细
时而失控躁狂

天上的星星举杯
互道晚安,留下爱情
盛行于世

星空下

星空下村庄安稳
母亲的睡眠那么轻
像被晚风翻动的一小片树叶
母亲的睡眠那么浅
像一条小河靠近河岸的部分
可供一只小鹿饮水

我在门前重绘梦想的细枝末节
星星映照着我的沉默与微渺
在一宿的星光里
我已度过了数万年之久

山海

这山再高一点儿
就能看见远方的海了

我给不起一座银山
但给得起三万次月色
我给不起沉溺月色的今夜
但给得起茫茫大海般的一生

夏日午睡

夏日午后,院子里挤满蝉声
午睡的人,被从睡眠里拱出来
脑袋里坐满群山,脚底有两朵清云

山神

青夜摇摇,灯火寥落
我在石头上静坐,听山神
借晚风唱歌

夏雨

七月的雨,下得天空摇摇欲坠
一座青山,有多处损毁
在山洪的呐喊与摇撼中
山神反复修改着述职报告
他的白胡子,是几撮湿淋淋的龙须草

山洪

月色下山洪喧响,仿佛好多鱼逆流而上
一直游到山顶,变成天上的星星

雨中蛙鸣

夜雨中,蛙鸣像乱世的起义
此起彼伏
仿佛不久就会攻上山来
掀开雨夜
劫走月亮

夜读

一服毒药,可稀释为三万杯咖啡
又一个沉默的夜晚,让我们归于安详
耽于纸畔枕上,把夜晚
还给头顶默默赶路的星光

月光

月光多温柔
与任何事物
都相得益彰

夏夜

山风吹动的时候

有海鱼在山那边游泳

在漆黑的夜里

她们轻轻靠近家门

山神

一千年一万年,星星高悬
仿佛还差谁的几声咳嗽
就全部崩落

我一直担心:那个谁
是我

任何人都不必爱我

有时候想,人生无非是这样
想看松树了,便披衣出门
一棵棵松树看到山顶
一直看到兴味索然
便索兴而归
把自己铺在床上
既像疲惫的床单
也像一小块暗黑而沉重的夜色
任何人,都不必爱我

反讖

  大雾弥漫

  仿佛墓地里

  有人起身离开

  去往《山海》

等等

风吹石头无意
枝头落花有心

不幸做了有缘人
有元有嫒有圆

人到晚年
处处青山

天空之城

  漆黑的夜里
  蛙鸣把山脚偷走了
  山上的世界高高地漂浮着
  在悠悠晚风中
  更加接近天宇

汉城湖

天黑了,鸟儿们在树林中编辑晚安
纷纷沉进月光的海底

孤独症

夜里,想对群山喊一声
既怕它答应,又怕它不答应
就这样,梦游到了山顶

晚树

在草坡上看树
它们摇动叶子
像拉扯纷杂的家常
丝毫不理会黄昏的干预

拱卫

黄昏了，天空就要拉上黑色的窗帘
人们在窗帘的这边相爱，做梦
拱卫生活

睡眠像一座拱桥
连接两片洁白的陆地
我愿意在拱桥上看月亮，看星辰
算命的人，收起他晦暗的小摊儿以后
我还要再看五块钱儿的

九月了

九月了,秋天长驱直入
穿过门缝,把月光塞进屋里
我变成一尾小鱼,从月光中游了出去
梦醒时已到中年

秋夜

醒来在山里，不经意听见夜鸟的啼鸣
屋外是张继的夜晚，远方有寒山的红叶

秋天

向枫树认取秋天
向一棵木樨认取家门
村庄被人们抛弃在山上
野草就要高过秋天
藏起亲人的墓碑

秋天

秋天,秋天
运送候鸟的秋天,开满野棉花的秋天
你的肢体骨感,你的鼻息酥软
我愿意被你吹拂千遍
也无非是落叶死在落叶中间

秋天

落叶纷纷下
秋天在山中飞着
红裙子,黄裙子
红黄裙子翻涌着
叫一块顽石
坐进黑夜
反复观想

秋天

屋外是凉爽的秋天
凉爽,像来串门的小表妹
澹,甜,些些暖,如烟
极快地飘进心坎

唉,真想她住下来
住个百八十年

九月

九月

又一枚月亮,落在了草原的边缘
一匹失怙的小马
独自朝着西天走去

秋雁

秋雁

秋天了,一群大雁

孤独地赶着行程

一只大雁,孤独地赶着一群大雁

大家齐齐去往衰老

没有片刻停留

女王

给秋天照一张相
我也有诸多迷雾
在人世草草横行

落雨的深秋

落雨了,秋天滞留在山中
仿佛感染了风寒
冰冷,抖颤,孱弱
盖多少落叶
都无济于事

风声吹着水声
在落寞的秋雨中相互扶持
一起走了很久很久

云雾

(秦)少游山抹微云

到底是云
下凡为雾呢
还是雾
飞升为云

(黄)山谷留下一个疑问

山中树呼吸着迷雾
到底是严重的错误
还是美丽的糊涂
着实叫人猜度不出

(余)上仙追雾去也

半块原野

稀薄的秋雨中
山鸟的叫声
仿佛也稀少了
偶尔听见几声
也潮湿，滞重
飞不出半块田野

我按捺翅膀
独自去往剩余那半块

落叶

那样多的落叶
在雨中腐烂
叫人无从爱怜
我只能摘掉帽子
和她们一起
淋同样的雨
静静地缅怀过去

真像我也走完了一生
真想我也走完了一生

还能干干净净

秋雨

雨,雨,雨
杏花春雨江南
雨,雨,雨
沾衣欲湿杏花雨,吹面不寒杨柳风
寒雨连江夜入吴,平明送客楚山孤
雨,雨,雨
山中一夜雨,树杪百重泉
山路元无雨,空翠湿人衣
空山新雨后,天气晚来秋

雨,雨,雨
秋雨落在山中
把人淋回北朝

妙在不可言说

风在门前把树吹乱的时候
总有另一阵风把它们吹好

春天慢慢儿长成夏天
夏天跳进秋天
秋天,秋天是月亮
慢慢瘦成细线
没有任何人
可以把它珍藏

登山去

枫树红了

秋山该有多美

一阵阵迷雾在掠夺宝藏

我不能连续一个星期

都无动于衷

秋叶满川

满川秋叶
满川秋叶的黄色
满川秋叶煨出的温暖
足以孵化另一枚月亮

秋山

一阵阵山风吹来,吹动我的王国如同草芥
几只黑喜鹊蹿起,无限地逼近
我难以言说的愉悦,而秋山多金
仿佛我果真如此富有

上山去看蒙古栎,看它们错落有致,安恬淡远
一粒粒果子,仿佛昨夜里被精灵们所遗落

非白云之心,不足以看见精灵们走过的道路
非白云之心,不足以温柔地触摸山神的睡眠

一棵树有一棵树的志趣
一朵云有一朵云的襟怀
我在山里念一会儿你的名字
就变成了它们的同类

秋风

擦拭灯火,推送月亮
一阵山风的朋友圈里
秋天正被疯狂转载

再坚持一场战役就回家吧
秋风已吹到故乡,而我仍在江湖之远
母亲年纪大了,花线已穿不进针孔
风寒还要无孔不入

秋天访客

树叶慢慢凋落的样子
仿佛风中有人正缓缓走来
解开命运的纽扣

秦岭以北的秋天

秋天来了
众树将芜
天晚之前
请赏黄叶

指北

又是雨中的庭院
还是风前的蔷薇
向日葵在院子里等待秋天
马其顿在三十岁撰写变老指南

秋日独醉

群鸟与野花不远
月亮与溪水不远
从一山中醒来
两脚穿着黄昏

失眠

失眠,是一场无法拒绝的旅行
把我带到小溪边,听水声
看光秃秃的树枝,在晚风中跳舞
仿佛它们还有三五个甜美的果子
可以颤颤地微笑

月色

月色迷蒙,山风细细
仿佛有一场雨要落进山里
落在明天清晨的门前
我在山路上和十年后的自己谈心
我们还没有谈拢,月色也尚未央尽
我还不想回家

九月来信

1.

其顿兄,见字如晤
收到你的来信
正值秋风无疆的九月
山中的黄金多过青翠
生活里的悠闲多过忙碌
喜悦多过悲苦
是人间胜过天堂的日子
在这里借美丽的九月
向你问好

2.

在屋顶翻阅你的来信
时间仿佛变得柔顺温和了
天空在高处倒悬
仿佛它也忍不住凑过来细看
在我身后吹出阵阵风息
让信纸一掀一掀

最好的下午莫过于此
在山中平稳度日
在日子里拥有安宁
时而读一点来自人世的文字
仿佛和平已流传了千年
还要再向后顺延一千个千年

3.

在璀璨的九月写封回信也是极好的
人世没有一宗劫难
催我快些渡过
也没有任何宏愿
催促我尽快完成
我既不在许多独木桥上
也不在拥挤之中
迷离疏狂的九月
我有幸栖居在群山的环绕里
绿水消瘦,众树将芜
叫人只想写下秋风无用的文字

4.

我喜欢海子的《九月》
也喜欢张慧生的《九月》
还喜欢顾城的《九月》
它是这样一种喜欢
让辽阔的九月像一只杯子
被秋风来来回回，缓缓啜饮
而非一倾即尽，绝不肯清醒

如果你也在山里
也被秋天的阳光轻轻地扎着
暖暖地照着
被风轻轻地推着
柔弱地摇晃着
就能明白是怎样的啜饮
怎样的喜欢了

5.

下午的时光是缓慢的
树影很久也没有挪动一寸
松鼠在树林里跑来跳去
带着它的灵巧消失不见了
喜鹊在好几处树枝上吵吵嚷嚷
然后又纷纷去了奇心二队
我看了很久的云
它们每一朵都像在度假
从天边分给我许多闲适与慵懒
让我一整个下午也看不完一本书的序言

大概真的没救了吧
这样的日子，我才过了半年
现在还想再过一生

6.

明媚的九月你真该进山里看看
山风像一把刷子
来回给群山刷上斑斓的色彩
山风像一名搬运工
直到山里堆满落叶和秋天
也不肯终止工作
还搬运许多候鸟
将天空推送得高远

有时候,我是山风的同类
撩拨过原野,又全身而退

如果可以,我也想做一名搬运工
往城里输送一亿吨秋天

7.

该怎么向你穷尽秋天在山野里拥有的一切
该怎么向你详述秋天在九月做过的一切呢
外乡人背包进山,带走美丽的心情
——那都是秋天给予落叶的无用之物
要多少有多少
山风吹拂,河溪流逝
多少日夜,都没能穷尽
——仿佛在穷尽之外
天地间还有一个终极的秘密
我总觉得,再忘情一些
再沉浸一点,放弃最后的努力与追逐
就能听见那段密语
听见树木和星空的对话了

8.

你大概要笑话我矫情了
我也常常这样嘲笑自己
三十七年了,还不肯放下这些执念
比如: 想要像秋风那样摘树叶子
摘得尽兴,最后又空手而归
比如: 想要爬上树顶
伪装成一根粗大胖硕的树枝
被秋风吹拂得温暖舒适
让鸟儿在身上搭建起别墅与巢窠
还想在九月与山神相遇
看他是否和秋天一样清瘦
是否认识山里的每一块石头
是否石头和石头,也可以交换幸福和隐忧
最后再问一问山神: 问他是否愿意
和我这位凡人,交个短暂的朋友
……

9.

你有没有意识到
我们所过的生活
并不是真正的生活
而是一种对真正生活的期待

我总觉得,再多看一眼秋天
真正的生活就要实现
每一个时刻
都像早晨那么新鲜
像柚子的果肉那么粒粒饱满

末了,我能用这些满月般的时辰做些什么呢
似乎也只是保持肉体与心境的平和
——那几乎是一种持久的快乐
可以胜过三百首诗歌

10.

黄昏降临了
九月的黄昏是柔美的
尤其有几缕云彩
仿若系在天边的树上的时刻
淡蓝的暮色盛行于世
缓缓熄灭白昼的焰火

一次又一次
我在黄昏时分走出家门
走进夕阳的留恋之中
走进山河长久的发呆之中
黄昏,尤其像群山的一阵长久的发呆
我喜欢它们回过神来
看见天空的月亮
微笑

11.

看九月的月亮
真像看一只美丽的小鹿
她有些冷峻
与人隔着生分
她远远看你的样子
不卑不亢不为所动的样子
让人真想蹦起来
一把捉在怀里
给予人类几百万年历史的关爱

不知道北方的月亮
是否也这般清新可人
童叟无欺

12.

浸泡在月光里的事物,该怎么珍惜才好呢
月光中的房屋,像一块块温暖的面包
可以做着有童话光泽的美梦
一棵棵树站着,共同守护群山的沉默
集体陶醉于秋虫的交响曲
晚风的变奏曲,以及泠泠清泉的奏鸣曲

这些温顺的事物
比山谷里的居民更加哑默的事物
谦卑,恭让,像温和的仆人
我该补偿些什么给它们才好呢
我常常这样想着,却没有结果
亏欠着,又毫无作为
它们反倒安慰我,护送我穿过夜色
抵达家门

13.

在所有平凡的日子里
最脉脉温情的
不过是陪父母亲一起看电视
边看电视边在一只木盆里洗脚
都不说话,只有电视机在大放厥词
源源不断地演绎现实和生活
给我们营造许多共同参与的时刻

一家人的脚,都在水里拱着
热气升腾着,发散着,消失着
像极了许多日子
慢慢地水凉了,脚却暖着
再后来夜深了,脚暖热被窝
被窝暖热美梦,美梦暖热月亮
普度世间所有的夜晚,和睡眠

14.

清早醒来，听见父亲在门外清扫落叶
便知道秋天又更上层楼了
于是兴冲冲起床
来不及洗脸便扑进新的秋天

我去巡视门前的桂花和樟树
接着去远些的菜地里巡视柑橘
和已经落了叶子的樱桃
九月的草莓已经开始疲惫和枯萎
但仍有倔强的笑容，护着她柔弱的绿芽
每一天，每一天，我都要看一遍
仿佛只有经过她们的注视和同意
我的一天，才算正式开始

就这样吧。希望所有人的日子，都美丽动人

15.

其顿兄,九月是神奇的月份
诞生过伟大的诗篇
和诸多毋须赘言的奇迹
希望你我的相识,也是如此

吃完早饭,我又该进山
去看一看青冈树的颜色
沾染一些树木的从容了
也许有一天,山神会让位于我
以杜绝我对他没完没了的侵扰
至于你,在黄叶纷飞的九月
祝你也有九月的风度,让世界伫足侧目
愿你有一个灿烂的前程,璀璨得一塌糊涂
此致

余上仙　2018.9

在山中走回唐朝

在山中走回唐朝

一个人在山中走着
远离了村庄和房屋
远离人类与道路
亲近了树木与流水
亲近太阳与月亮

有那么一会儿
他走回了唐朝

观天

观天

在一粒尘埃里

看漫天银河星辰

做萤火虫般闪烁清凉的美梦

砍樵

九月风霜凋荣华

山溪已无杨柳色

父亲打柴归来

从山那边拣回了我的童年

母亲

是从哪一阵秋风开始
渐渐地,将母亲吹成老人
我不敢问母亲的梦想
害怕自己无力承担

暖色

秋风落日，故园荒草
因为母亲酷爱蓝色，所以蓝色是暖色调

家人

十月的夜晚,带着轻寒
简装的山风
仿佛带着薄薄的刀片
收割人间的落叶,与清欢

关门闭户,一家人围着火盆取暖
就像炭火烘烤着几只亲密的地瓜
奶奶昏昧不明
父母亲渐渐老了
有老的身材和样态
我被迫步入中年
是提前被挖掘出世的那一只
——都在火盆边静静地烤着
仿佛慢慢儿就会烤出香味儿和甜味儿
供以后许多年的日子
反复回味

原野

风吹草木动,扶我过山岗
回到故乡,总在萧瑟的冬天
原野袒露着,多少年来
我像它一样匮乏
像它一样,并未彻底荒芜

回到山里

回到山里,有树长在门前
有月亮从山后升起
我还没有爱够,所以要有明天

我爱这高山飞云,绿水流长
明年我九十三岁了
还想去月亮里面奔跑

黑天鹅

黑天鹅,黑天鹅

请借我三日优雅,让昆明数月无花

你们何时才回到山中,永结我沥青般的迷恋

鹤

它们在山间饮清泉水
宿白月光,展翅拍打晨昏
像神仙放养的座驾

上山

冬月，一个人慢慢上山，有些地方看过多次
就看出平淡来。有一些则看出花儿来
叫人心里一喜，仿佛蹦到树上
时间就这样，一朵花儿一朵花儿过去
把人放在高高的山顶
那山桃花开过的地方

回家也写一点儿文字
但绝口不提衣兜里有三朵松云
只写：度过浮生一日，得天上一轮明月

情书

旧梦里,有几束繁花

此时真想掏出来,与你看看

迷鸟

草坡蒙着迷雾
山中蒙着细雨
迷鸟的叫声清脆又闪亮
仿佛发自钻石的旁边

松鼠

　　一整个下午，松鼠在门前的树林里
　　跳了三个来回
　　我第一次想要贩卖坚果
　　第三千次铁了心要做赔本生意

寒假

下午,阳光干净得仿佛没有一粒尘埃
山风吹拂,把村庄慢慢吹进黄昏
我们在屋顶搓着麻将
四周游动着蓝色的海鱼

岁末麻将

年末了,人们又回到山里,搓麻将
一整天时间,坐庄二十九把

黄昏在屋檐下长久地站着
仿佛一阵微风
就能把它吹进黑夜

母亲熄灭了炊烟
端着一家人的晚饭
在桌边,陪我等最后一张九筒

亲人

想到亲人，心里的石头
又重新开始温热　沉重
他们在乡下巴巴地过日子
恨不能吃柿树叶子

我想了他们一会儿
就去商店里买五块钱一瓶的饮料
缓解水泥森林的干渴

后来，已没有人一直等我回去
我反倒更加念念不忘

炊烟

登山归来
母亲又已早早地
升起炊烟
——升起一小片儿蓝天
默默看顾着今后的年岁

腊酒浑

宴饮到后半夜
独自从酒席上离开
在山路上看古人的月亮
又像一掌暗淡的残灯了

有人在月亮上烤面包吗

有人在月亮上烤面包吗
他分得清面包的黄色
与月亮的黄色吗
我担心这个问题,已经很久了
请写信给他一点儿安慰

寒树

西风梳树,梳出了抑郁症的样子
冬天的鸟,格外像叶子
频频回到树上,频频诉说
身体里的春天

冬天的树

听惯了车声与喧嚷

回到山里

我还想听一听树干的电流与呼吸

风起的时候

它们晃动树枝

比繁花还要好看

冬日漫步

冬日萧瑟,阳光金贵
想到此时,千娇百媚正走在去往春天的路上
山路上的我,仿佛也想往某处地方加快脚步

月夜听泉

在月色中听泉
仿佛我也有清白无垢的过去
影子像一只柔软的黑色小狗
寂静的夜里它四蹄无声

月光

沿山路走到山顶，问月亮冷吗
给她厚重的军大衣，或透明的白衬衫

归来时村庄安静，一分钱也没有丢失
月亮在一切事物上照着，夜晚是如此迷人
就连阴影，也有月光明亮的边缘

问月

青青的夜晚
月亮照着我在山中走了很久很久
我问洁白的月亮
你永远留在我的山中可好

雪夜

  在路灯下看雪的影子

  渐渐白了头发

看雪

在山上,替许多人看雪
寂静乘着飞鸟,来来回回
来来回回,想要跟我说话

冬序

冬天的脚印深了
落叶在落叶中间撤退
树木在瑟瑟风中
珍惜它仅剩的叶子
寻找它丢失和放弃的叶子
分不清哪一片是你的
哪一片是自己的
看得久了
黄昏就有点儿痴呆
仿佛与人世道别

时间是这样流逝的
有人在山中与自己说话
比落叶对落叶的絮语
还要轻微深远

时间切片

醒来,一叠一叠书页般的日子
又给了我崭新的一页
像时间的又一张切片
可亵玩,不可远观
可反复揣摩,反复钻研
撰写日记,新的诗篇
可视而不见,自艾自怜
但不能折返
不能用科幻小说和美丽妄想
招摇撞骗

从沉睡中醒来
是最好的事
但更好的
是可以和死神打架

转折

冬月,偶尔才想一想: 一棵树开花的样子
蜜蜂嗡嗡叫着,阳光暖暖地照着
心里浮现花海,将想赠予某人

花朵在诞生以前
已经在树的内部折叠多次
并且反复练习盛开吗

花朵凋谢以后,余下的月份
她们努力过试着重新绽放吗

孤独有多美,美到不能分享

灰烬

冬月,把日子过成等雪的日子
母亲总也闲不下来,一根绣花针
几圈儿细花线,一只小鞋面
就可以打发那么多时间
我总觉得,时光对母亲而言太轻贱
又觉得绣花的小鞋子太贵重
是圣人才配穿的小鞋子

时间冷漠地溜达过去
把燃烧的木柴和板炭
捂出一层新的灰烬
日子久了,也会有灰烬
从高处雪一般落到人间

死结

大鱼吃小鱼
小鱼吃虾米
虾米吃星星
星星吃亡灵

食物链是个圆环
环环相套
谁也无法逃跑

2019及以后

多喜欢：瓶瓶罐罐
都装着春天
一片树叶是一只眼
碧绿满江南

春日

春日

屋后飞着山鸟
门前结着草莓
母亲从雾中出现
抱着白云揉成的羊羔

赞歌

赞歌

月亮下的原野,洁白如新
一只小狐狸,是九首佩索阿

偈语三种

1.

回到山里坐上一坐
过上了想要的生活
至于什么时候想要
这时候是不重要的

2.

一座山,有不被重复的美丽边缘
叫人在梦里也想看见
它,怎么看怎么好看
我,怎么好看怎么看
不理会全部冷眼

3.

愿意做一个浅薄的人
很久很久
也不触动一次灵魂

古经

西红柿没了，西红柿还攀着竹架
朝天椒没了，朝天椒还朝着天空
圆茄子没了，圆茄子画不出圆了

十一个少么？他还只结了六个呢

这世界真真好看，就是某人讨厌

他已经死了吗？生而有幸啊
不用活着讨论冬天

等一下真真是谁

暮色

母亲从菜地里回来
门前的暮色,比下弦月还要宁静
仿佛今夜海上的航船,永远不会侧翻

母亲

种一季麦子玉米
看两树桃红杏白
如此几十年反复
便也是清亮一生

奶奶

挑一担水洗衣做饭,挑两担水暮色与黄昏
奶奶是个哑巴,多少年也说不出一丁点儿苦

奶奶老了

奶奶老了
去菜地里摘一把青葱
也要锁一次家门
老黄狗在后面跟着
目光比黄昏还要浑浊
眼神比三月还要醇厚

母亲老了

母亲老了,一顶泛灰的帽子
已不能完全遮住她花白的头发

母亲老了,抱着羊羔
山路上也踩不出清晰的脚步声

母亲老了,走在回家的山路上
要在黄昏里挨到很晚

母亲老了,细线已穿不过针孔
许多话说了三遍
最后还是费力地猜成别的事情

母亲老了
却总是担心我比她老得更快

写给母亲和故乡的短歌

1.

春天来了,我怀疑千娇百媚
只为内心温暖的人盛开
而我,内心有多处漏洞和羞愧
供四野的风呼啸而过,如同鬼魅

2.

为了给我发门前风信子的照片
母亲终于学会了使用微信
我不敢教她自拍
我害怕看见她日渐稀疏的白发
和越来越深的皱纹

3.

父亲和人吵架了
电话里我生起他的气来
其实他经手的一片枯叶
都比我的幼稚要掷地有声

4.

门前的樱桃开花了
接下来是桃花、杏花、梨花、草莓
母亲一一打电话来报告
像小学生回答问题那么严谨认真

5.

许多人搬走了
偌大的村庄留下稀疏的老人各自孤独着
母亲从小就怕黑

以至于夜晚想她的时候
都不敢给她打电话

6.

温软的山风
请你吹得慢些
我的母亲在高高的故乡
腿脚已不像从前那般敏捷

7.

看过今晚的月亮
再用月亮看一看今夜的故乡
那些花在晚风里
母亲的睡眠让她们格外安静

8.

母亲,你从来不要求什么
连说话的声音也越来越轻小
昨夜睡觉前我听见你在枕畔喊我
依然只是给我喊我乳名的温暖

9.

母亲,春天了,鲜花盛开
多想继续在村子里荒废时日
你锄草归来,升起炊烟
我失眠三夜
却不能为你写下一行满意的诗句

10.

母亲,春风里多了暖意
故乡也应在山风里招摇

我想在两地的春风里沉醉
又担心春风吹你向更深的衰老

11.

母亲，这些文字我不会读给你听
心里的愧疚，我也不会在异乡的雨夜里释放
我爱故乡的安稳
但不太爱你不断安稳着的我的心

12.

母亲，我常常计划你身后的年纪
悠长得像机场的跑道，还可以起飞
但你种完地回来
电话里疲惫的声音
仿佛将我栽在土坑中，并且压实

13.

母亲,异乡的夜晚可以栖居
故乡的风暴可以漫游
近年来我很少梦到家乡
梦里甚至看不清自己的脸

14.

母亲,竹笋快长出来了吧
快要准备给稻谷催芽了吧
你们过了一辈子的营生
已被我完全抛弃
仿佛有海水漫来
你们只好退守故乡的山顶

15.

母亲,春季里我担心风湿

夏季里我担心蚊子
秋天里我担心寒霜
冬季里我担心酷雪
还没有走近六十大寿
你已走出了八十岁的老迈

16.

母亲，我爱你
其实今夜没有月亮
但我更想看清你的脸庞

他们带给我一个海螺

他们带给我一个海螺
可是,我已不能像孩子时一样快乐
呜喔——呜喔——

他们带给我一个海螺
彩色的海螺
彩色的漩涡
遥远的浪花
轻轻摇晃着
小小的
彩色的王国

呜喔——呜喔——
尽管,我已不能像孩子时一样快乐
他们带给我一个海螺

小松鼠之歌

我有一个爸爸
我有一个妈妈
我只有小小小小的一个家

可是我有歌儿
还有很多很多悄悄话

你来摇我呀
你来挠我呀
我就像小树掉苹果那样抖落它

芝麻朵朵

芝麻开花
朵朵往上爬

哎呀
上面风有点儿大
太阳也很毒辣
帽子被风抢走了
裙子穿得太薄
这也让我感到害怕

现在
我想下去啦

小曼

去年看见你的时候
你紧握着小拳
一副严肃的样子
像守护着秘密的誓言

再看见你的时候
你甩开手跑在最前面
一副高兴的样子
像摇摇晃晃的栏杆

晚安

打一把旧手电
去看风中的桂花
有多少落地为安
像黄金的碎片
有多少在风中抖颤
抖出阵阵香甜

最后,又担心
打扰了她们的睡眠
于是小声说抱歉
于是小声说晚安

小红象

小红象在橘树下摘苹果
她的天真,让香蕉从黄梨树上纷纷脱落
冬天就要来临,没有谁告诉她
她的父亲已遭天灾
她的母亲已遇人祸

小悦

你放在茶几上的胡萝卜
其实是一截生姜
那半边被打下的月亮
已被我们做了明天早上的羹汤

小悦,这美好的童年
将被你在哪里遗忘

向春天入股 20%

（代后记）

很久以前我就知道我会出书，但没想到要等那么久，也没想到第一本书会是这个样子，更没想到它就真的这样出来了。

人活一辈子，有人离不开游戏，有人离不开哲学，有人不唱歌会死，有人不跳舞会疯，有人离开绘画，生命会失去意义，对我而言，如果没有创作诗歌，我不知道这辈子还能在哪方面有所建树。

读初中的时候，我就模模糊糊意识到，自己对文学感兴趣，但奇怪的是，直到高三毕业之前，除了武侠小说，我只看过一本文学名著：《木偶奇遇记》，完全没有那些文学天才们嗜书如命的症状，以至于我怀疑自己哪里出了问题。就这样稀里糊涂过了几年，直到我遇见一首现代小诗。

现代诗与我相互接纳，也是一个极其缓慢的过程。记得高中语文老师在课堂上讲《再别康桥》，费尽了口舌与唾沫,我也没弄明白挥一挥衣袖到底好在哪儿。"红豆生南国,春来发几枝"多好;"欲穷千里目,更上一层楼"多好;"杨柳岸晓风残月"多好。同样出现在语文课本上,"挥一挥衣袖"还不如小学课本上的"遥知不是雪,为有暗香来""野火烧不尽,春风吹又生"呢。如果不是生来胆子小,我差点儿就向老师反映:"沉默是今晚的康桥"是个神情可疑的病句。

2004年某个晚上,我在灯下翻看《精品阅读》,意外读到一首《温柔的夜》。至今快15年了,我仍然记得这首清新简洁、凉爽梦幻、玲珑可爱的现代诗。

温柔的夜

(崔晓强)

月牙儿

可是夜的嘴唇

那另一瓣呢

正吻着梦中的人们吗

我一下子被击中了!仿佛我一直身处其中,一直朦朦胧胧感受到、却无法具体抓住的东西，通过这几句小诗狠狠地攥了我一把，捏得我心惊肉跳，把从前没能抓住的东西，一股脑儿全塞给了我。但到底是什么攥了我一把呢？我又说不清了。

那时候我正身处故乡的山中，夜空也恰巧悬挂着一轮娇小玲珑的月亮，记得读完诗以后，我推开门走出去，在屋檐下徘徊了很久很久，仔细地品味着这首小诗营造出的意境，甚至感受到了月亮冰冷舌头的亲吻。

正是从那个夜晚开始，我才知道：原来我自小就熟悉的生活，还可以通过这样简洁的文字被重新塑造和呈现，我重新认识并感受了它们，进而获得前所未有的震撼与惊奇。

那几乎是从唐诗宋词中走出来的夜晚，那些我身处其中，却无法用言语具体表达的感受，被《温柔的夜》以月亮的嘴唇复活了，通过咀嚼和咂摸品味，我重新感到了夜晚的清幽、神秘、深邃、寂寞，甚至还有酥软清爽和淡淡的清香，以及八百匹马也走不完的空旷。

但是，作者是怎么做到的呢？他是怎样用简单的文字与组合，就营造出了绝句一般短小玲珑的诗歌，和精致圆融的意境？以至于你一读到它，就不得不被吸引，会身不由己地陷入其中，身不由己地流连与沉溺——仿佛作者是建造了一小片儿春天，对此，热爱诗歌的人有多少抵抗和拒绝的能力呢？

回到问题本身：作者是怎么做到的？后来，我接触了更多的诗歌，在许多个失眠的夜晚，一遍又一遍地默诵顾城的《远与近》、卞之琳的《断章》、郑愁予的《错误》，追问同一个问题：你们是怎么做到的？不行！我也想要和你们一样，创作出晶莹剔透的作品，创造出属于自己的一小片儿春天，去打动和感染别人，正如2004年的那个夜晚，我被《温柔的夜》打动和感染一样。

人世间美好的事物与情感，从来都是感染流动、自发生长的，不是吗？

从此，我就掉进诗歌的世界里，越走越远，出不来了。十多年以后，我终于拿出这本《在山中走回唐朝》，算是对最初的梦想有了一点交代。

我不知道这本诗集的价值几何，也不知道：到底有没有创造出属于自己的一小片春天，所以，我要继续走下去，去看看最终的结果。

2018年的某一天，我对着电脑写出：小南风山前山后地找我/反复催我入股春天/至少20%。我立即咧开嘴笑了。于是对自己说：就做一个"向春天入股20%"的诗人吧。至于余下的80%，我不管，我只要20%。

是为记。

P. S. 感谢上海社会科学院出版社的袁钰超编辑。你不知道你的工作、你的肯定、你的坚持，对我而言有多么重要的意义。这一切，仿佛只是你众多日子诸多生活里的一件平常之事，仿佛你随随便便就成全了我摸索十年之久的愿望。我无法简简单单地说出谢谢，但铭感五内。

感谢侃子，你的插图与封面，让我觉得自己的文字配不上它们；你的才华，让我觉得我自己没有才华；你的认真负责，让我觉得自己对于诗歌的态度，还需要用一双有力的大手去摁住它，继而修理、驯服和调整它，从而更加谦恭和严谨。

感谢老杜，感谢因为你而认识了侃子，更感谢你拨冗作序，达成了我们数年前的约定。在你疯狂写自己的小说时，也不曾像对待这篇序言这样认真，你让我再一次觉得：我们有过的经历是值得的，未来是令人期待的。

感谢父母，你们值得我写十本诗集，对你们，我始终感恩并深感歉疚。

感谢许许多多的朋友，这里未能一一列举。正是你们支持和鼓励我，包容并原谅我的幼稚、偏执与天真，才让我走到了今天。

最后感谢我自己，半认真不认真地，始终没有放弃。

图书在版编目（CIP）数据

在山中走回唐朝 / 余自柳著. —上海：上海社会科学院出版社，2019
 ISBN 978 - 7 - 5520 - 2789 - 1

Ⅰ．①在…　Ⅱ．①余…　Ⅲ．①诗集-中国-当代
Ⅳ．①I227

中国版本图书馆CIP数据核字（2019）第110893号

在山中走回唐朝

著　　者：余自柳
绘　　者：侃　子
责任编辑：袁钰超
封面设计：黄婧昉
出版发行：上海社会科学院出版社
　　　　　上海顺昌路622号　邮编200025
　　　　　电话总机021 - 63315900　销售热线021 - 53063735
　　　　　http：//www.sassp.org.cn　E-mail：sassp@sass.org.cn
照　　排：南京前锦排版服务有限公司
印　　刷：上海盛通时代印刷有限公司
开　　本：787×1092毫米　1/32开
印　　张：7
插　　页：2
字　　数：90千字
版　　次：2019年8月第1版　2019年8月第1次印刷

ISBN 978 - 7 - 5520 - 2789 - 1/I·336　　定价：39.80元

版权所有　翻印必究